Une dent perdue

Aux enfants qui ont perdu leurs dents de lait,
et à la petite souris qui les ramasse la nuit.
M.

www.editionsflammarion.com

Éditions Flammarion – 87, quai Panhard-et-Levassor, 75647 Paris Cedex 13
ISBN : 978-2-0813-0709-4 – N° d'édition : L.01EJEN001066.C005
Dépôt légal : mars 2014
Imprimé en Espagne par Liberdúplex – août 2016
Loi n° 49-956 du 16 juillet 1949 sur les publications destinées à la jeunesse.

Une dent perdue

Texte de
Magdalena

Illustrations
d'**Emmanuel Ristord**

Castor Poche

Ce matin, en sortant en récréation, les garçons regardent le menu affiché sur la porte.

« Pouah ! Il y a des choux de Bruxelles aujourd'hui à la cantine ! s'exclame Basil.

– Moi, je n'aime ni les choux de Bruxelles, ni le chou-fleur, ni le chou rouge, ajoute Tim.

– Tu n'aimes rien en chou, alors, dit Bob.

– Perdu, j'aime bien la choucroute », dit Tim en riant.

Menu
Carottes râpées
Poulet
houx de Bruxelles
Fromage
Fruits
Bon appétit !

De retour en classe, le ventre de Basil fait des glouglous bruyants.
Maître Luc se moque gentiment :
« On a un ogre dans la classe, ce matin.
Méfiez-vous, il a l'air d'avoir très faim.
– Je n'ai pas eu le temps de prendre de petit déjeuner », dit Basil.

Fatou intervient.
« Il faut manger le matin. Moi, je prends des céréales avec du lait. »
Et voilà que chacun donne le menu de son petit déjeuner.

Maître Luc remet un peu d'ordre dans le chahut.
« Allons, allons, vous comparerez vos petits déjeuners à la récré.
Pour le moment, remettons-nous au travail.
Bon, on en était où ? demande Maître Luc.
– Aux dents », répond Selma, toujours très attentive.
Elle montre sur le tableau le schéma d'une mâchoire.

Les dents

« On dirait le dentier de mon papi, chuchote Téo. Je n'aime pas quand il l'enlève le soir et le met dans un verre d'eau. J'ai peur que le dentier vienne me mordre pendant mon sommeil.
– T'es fou ! Ton grand-père n'est pas un vampire, le rassure Samir.
– Chut ! » dit Mia qui les entend.

En arrivant à la cantine, Basil se bouche le nez et se plaint :
« Pouah ! Ça pue trop ! »
La dame de cantine le sermonne.
« Si tu n'aimes pas ça, n'en dégoûte pas les autres ! »

Les enfants s'installent à table.
Bob et Basil se disputent la même place.
La dame de cantine les sépare et les installe chacun à une table.

Basil s'assoit et constate que son assiette est déjà remplie de choux de Bruxelles.
« C'est pas bon ! dit Basil.
– Comment tu le sais ? Tu n'as même pas goûté ! disent Alice et Lou, ses voisines de table.
– Donne, si tu veux, moi j'aime ça », dit Samir qui mange de tout et qui a déjà fini ses choux.

Dès que la dame de cantine a le dos tourné, ils échangent leurs assiettes.
« Merci, t'es sympa ! » dit Basil.

Au dessert, Basil a encore faim,
car il n'a pas assez mangé.
La dame de cantine lui donne une banane
et une pomme bien rouge.
« On dirait que tu préfères les fruits
aux légumes, toi. »

En croquant la pomme, Basil laisse
une dent dedans.
Il y a un peu de sang sur le fruit.
Alice et Lou crient.
« Ce n’est rien, va te rincer la bouche »,
dit la dame de cantine.

Pendant la récréation du déjeuner, Basil exhibe sa dent sous le nez d'Alice et Lou, qui font les dégoûtées.
« Vous êtes des chochottes, les filles, dit Basil. Ça fait même pas mal. »
Il montre fièrement sa dent tombée en disant à tout le monde :
« C'est ma deuxième dent qui tombe ! »

NY

« Quel beau sourire ! dit le maître à Basil quand il retourne en classe.
Tu as perdu une incisive, mon grand. »
Basil affiche un grand sourire pour montrer le trou laissé par la dent qui est tombée.
« C'est quoi, une incisive ? demande Léo.
– C'est le nom d'une dent. »
Maître Luc écrit le nom des dents autour du schéma : « incisive », « canine », « molaire ».
« On perd généralement les incisives entre 7 et 8 ans, et les canines entre 10 et 12 ans », dit Maître Luc.

Les
Canine
Molaires
Molaires
Canine
Incisives

« Mon pépé aussi, il a perdu ses dents, dit Téo. C'est pour ça qu'il a un dentier, maintenant.
– T'es fou ! dit Basil. Je ne vais pas porter de dentier. »

Le maître explique :
« C'est normal de perdre ses dents.
Il y a deux sortes de dents : les dents de lait et les dents définitives.
À votre âge, on perd les dents de lait pour laisser la place aux dents définitives qui vont pousser.
Mais quand les personnes âgées perdent leurs dents définitives, rien ne repousse, alors elles mettent de fausses dents. »

« Moi, je suis allée chez le dentiste, samedi.
Ma dent de lait ne voulait pas tomber
et mon autre dent poussait, dit Ana.
– Alors il lui a arraché sa dent pour faire
de la place, ajoute Noé.
– Et elle a pleuré avant d'y aller,
parce qu'elle avait peur, précise Léa.
– Mais j'ai même pas eu mal, finalement »,
conclut Ana.

Les dents
Incisives

La journée de classe est terminée.
Sur le chemin du retour, Basil et les triplés parlent des dents et de la souris.
« Tu vas mettre ta dent sous ton oreiller ? demande Noé.
– C'est un truc de bébé, ça, répond Basil.
Les souris, ça ramasse pas les dents ! »
Léa et Ana défendent leur frère.
« Ben, mets ta dent sous ton oreiller, et tu verras ! »

Le lendemain, en arrivant à l'école,
Basil affiche un nouveau sourire avec
deux grandes canines pointues.
En le voyant, Bob, surpris, pousse un cri.
« Tu es fou, tu m'as fichu une de ces frousses
avec tes dents de vampire !
– Tiens, lui dit Basil, j'en ai aussi pour toi.
On pourra faire peur aux filles, aujourd'hui.
C'est la souris qui a remplacé ma dent perdue
par ces dents-là pendant la nuit ! »

Retrouve les histoires de **Je suis en CE1** pour t'accompagner tout au long de l'année dans la maîtrise de la lecture autonome.

Déjà parus :

Premier jour de classe

À la bibliothèque

La photo de classe

À paraître :

Le potager de l'école

Allez, les champions !